KB041358

헤세를 읽고 쓰는 밤

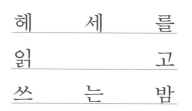

헤르만 헤세 라이팅북

헤 세 를
읽   고
쓰 는 밤

글·그림 헤르만 헤세

문예춘추사

영혼의 방랑자,
헤세를 읽고 쓰고 새기다

스스로를 정원사라고 부르며 평생을 정원 가꾸기에 바쳤던 헤세여
서 일까요? 그의 글과 그림을 보고 있노라면 달콤한 꽃향기와 짙은
녹음의 향이 풍기는 듯합니다. 늦여름 코끝을 간질이는 싱그러운 바
람이 불어오는 것 같기도 합니다. 헤르만 헤세는 자연에 대한 동경과
청춘들의 고뇌, 휴머니즘을 통한 인간의 자유에 대해 이야기합니다.
오직 예술만이 삶을 따뜻하고 아름답게 만들어 준다고 믿었던 헤세.
불안한 청춘과 상처받은 영혼을 위로하는 그의 작품을 가려내어 라
이팅북으로 엮었습니다. 죽을 때까지 붓을 내려놓지 않았던 헤세의

아름다운 그림도 함께 수록했습니다. 왼쪽 면에는 작품을 실었고, 따라 적을 수 있도록 옆면은 빈 공간으로 두었습니다. 왼편에 실려 있는 글자 그대로 한 자 한 자 따라 적어도 좋고, 마음에 드는 문장 구절만 적어도 좋습니다. 떠오르는 단상을 낙서처럼 끄적이는 것도 좋습니다. 그의 글을 필사하는 시간은 삶에 지친 자아와 마주하는 '힐링'의 시간이 될 것입니다.

한 조각의 푸른 하늘과 청록으로 뒤덮인 덤불, 꽃과 열매로 가득한 헤세의 정원으로 당신을 초대합니다. 헤세가 되어 그가 보고 그리고 꿈꾸었던 삶을 따라가 보세요. 그 여정은 아름답고 다채로운 색과 향기로 가득할 것입니다. 이 책이 당신께 작은 위로와 희망이 되기를 바랍니다. 50여 년 전 헤세가 그랬던 것처럼, 나만의 영혼의 쉼터를 만들어 보는 건 어떨까요?

2장

\

헤세,
삶을 쓰다

3장

\

헤세,
자연을 쓰다

4장

\

헤세,
사랑을 쓰다

5장

\

헤세,
나를 쓰다

1장

헤세,
행복을 쓰다

인생에 주어진 의무는 다른 아무것도 없다네.

그저 행복하라는 한 가지 의무뿐.

우리는 행복하기 위해 세상에 왔지.

행복의 본질

모든 행복과 아름다움의 덧없음과 일시성.

그것은 그것이 지닌 마력과 부드러운 서글픔으로

이 시대의 우리들에게 말을 건다.

그것은 환상의 베일이다.

본질이 없으면서, 동시에 모든 본질을 확인해 주는 것이다.

책들의 세계

이 세상의 모든 책들이 그대에게 행복을 가져다주지는 않는다. 그러나 그것들은 그대에게 은밀히 그대 자신 속으로 돌아가는 길을 보여준다. 그곳에 그대가 원하는 모든 것이 있다. 태양도, 별도, 달도, 그대가 요구했던 빛은 그대 자신 안에 머무니까. 그대가 오랫동안 책 안에서 찾은 지혜는 이제 페이지마다 빛난다. 그것은 이제 그대의 것이므로.

사소한 즐거움

시간이 부족하다며 전전긍긍하고, 재미있는 일이 없다며 따분해 하는 사람들에게 알려주고 싶다. 날마다 벌어지는 사소한 기쁨들을 가능한 한 많이 경험하고, 거창하고 짜릿한 쾌락은 휴가를 즐길 때나 특별한 시간을 보낼 때 조금씩 맛보는 것이 더 좋다는 것을. 지친 몸을 추스르고, 일상의 피로에서 벗어날 수 있도록 도와주는 것은 거창한 쾌락이 아니라 사소한 즐거움이다.

행복

행복을 찾아 헤매는 동안

그대는 행복해질 준비가 되어 있지 않다.

모든 것은 당신이

가장 소중하게 생각하는 것이 될 수 있다.

이미 잃어버린 것을 안타까워하는 동안

당신은 목표를 갖고 쉼 없이 달리지만

무엇이 평화인지 알지 못한다.

모든 소원을 접어 두고

어떤 목표나 열망을 알지 못하고

행복에 대해 더 이상 말하지 않으면

일어났던 수많은 일들이

당신의 마음을 괴롭히지 않고,

당신의 영혼은 쉴 수 있게 되리라.

어딘가에

인생의 사막에서 나는 정처 없이 방황하며

무거운 짐에 겨워 신음한다.

그러나 거의 잊어버렸지만 어딘가에

시원하게 그늘지고 꽃이 만발한 정원이 있음을

나는 안다.

그러나 아득히 먼 꿈속 어딘가에

영원한 안식처가 기다리고 있음을 나는 안다.

그곳에서 영혼은 다시 고향을 찾고

영원한 잠, 밤 그리고 별이 기다리고 있음을

나는 안다.

파랑 나비

조그만 파랑 나비 한 마리가

바람에 나부끼며 날아간다.

진주모 색깔의 떨림이

반짝반짝 빛을 뿌리며 사라져 간다.

그토록 순간적인 반짝임으로

그렇게 스쳐 지나가는 펄럭임 속에서

나에게 눈짓하는 행복을 보았다.

반짝반짝 빛을 뿌리며 사라져 가는 행복을.

행복으로 가는 길

행복과 지혜를 향해서 우리가 갈 수 있는 길에는 무엇이 있을까. 가
장 간단하고도 아주 소박한 길이 하나 있다. 그것은 우리가 자연을
보고 경탄하는 일이다. 자연의 언어에 귀 기울이며 두근거리는 가슴
을 안고 경청하는 일이다.

아름다움의 유한성

아름다운 것이 매력적인 이유는
곧 사라지기 때문이다.

행복에 대한 정의

행복은 '무엇'이 아니라 '어떻게'의 문제이다.

행복은 대상이 아니라 재능이다.

행복해진다는 것

인생에 주어진 의무는

다른 아무것도 없다네

그저 행복하라는 한 가지 의무뿐

우리는 행복하기 위해 세상에 왔지

그런데도

그 온갖 도덕

온갖 계명을 갖고서도

사람들은 그다지 행복하지 못하다네

그것은 사람들 스스로

행복을 만들지 않는 까닭

인간은 선을 행하는 한

누구나 행복에 이르지

스스로 행복하고

마음속에 조화를 찾는 한

그러니까 사랑을 하는 한…

사랑은 유일한 가르침

세상이 우리에게 물려준 단 하나의 교훈이지

예수도

부처도

공자도

그렇게 가르쳤다네

모든 인간에게 세상에서 한 가지 중요한 것은

그의 가장 깊은 곳

그의 영혼

그의 사랑하는 능력이라네

보리죽을 떠먹든 맛있는 빵을 먹든

누더기를 걸치든 보석을 휘감든

사랑하는 능력이 살아 있는 한

세상은 순수한 영혼의 화음을 울렸고

언제나 좋은 세상

옳은 세상이었다네

존재의 이유

그저 하늘에 떠 있는 구름일지라도
우리는 살아 있는 한 기뻐해야 한다.

우리가 알지 못하는 것

화요일에 할 일을 목요일로 미루는 일을 한 번도 해 보지 못한 사람
이 나는 불쌍하다. 그는 그렇게 하면 수요일이 몹시 유쾌하다는 것을
아직 알지 못한다.

일상에서 느끼는 행복

사소한 기쁨을 누리는 능력은 절제하는 습관에서 나온다. 이런 능력
은 누구나 타고났으나 현대인들은 일상생활 속에서 왜곡하고 잃어
버린 채 산다. 그것은 다름 아닌 얼마간의 유쾌함, 사랑 그리고 아름
다움을 느낄 수 있는 서정성 같은 것들이다.

작은 기쁨

꽃이나 열매에서 나는 아주 특별한 향기를 맡는다든가, 눈을 감고 자기 자신이나 다른 사람의 목소리를 가만히 들어 보는 것이라든가, 아이들이 조잘거리며 나누는 대화를 엿듣는 경험 같은 사소한 기쁨을 느꼈던 적이 있을 것이다. 우리는 살면서 벌어지는 수많은 사소한 일들과 그로 인해 얻은 작은 기쁨들을 하나하나 꿰어 삶을 엮어 나간다.

행복을 추구하지 말아야 하는 이유

우리는 행복을 어떤 결과나 성과로 증명하려는

경향이 많지만 행복은 형태도 없고 법칙도 없으며,

당위성도 없다.

행복을 대상이나 이념으로

속박하는 순간

행복은 감쪽같이 사라져 버린다.

그것이 우리가 행복을 추구하지 말아야 하는 이유다.

천국

행복한 가정은 미리 누리는 천국이다.

행복의 시작

행복을 좇는 한, 그대는 언제까지나 행복해지지 못한다. 소망을 버리고 목표도, 욕망도 없고 행복에 대해서도 말하지 않게 되었을 때 그제서야 세상의 거친 파도는 그대 마음에 미치지 않고 그대는 비로소 휴식을 안다.

2장

헤세,
삶을 쓰다

내일, 내일은 어떻게 될까?
슬픔, 근심, 약간의 기쁨, 무거운 머리, 쏟아붓는 포도주.
살아라, 아름다운 오늘을!

안개 속에서

안개 속을 거닐면 참으로 이상하다

덤불과 돌은 모두 외롭고

수목들도 서로가 보이지 않는다

모두가 다 혼자이다

나의 생활이 아직도 밝던 때에는

세상은 친구로 가득하였다

그러나, 지금 안개가 내리니

누구 한 사람 보이지 않는다

안개 속을 거닐면 참으로 이상하다

살아 있다는 것은 고독하다는 것

사람들은 서로를 알지 못한다

모두가 다 혼자이다

아름다운 오늘

내일, 내일은 어떻게 될까?

슬픔, 근심, 약간의 기쁨,

무거운 머리, 쏟아붓는 포도주.

살아라, 아름다운 오늘을!

오늘을 붙잡아라

내일 우리에게 무슨 일이 벌어질지 두려워하면 오늘과 현재를 잃게 되고, 그것과 관련된 현실을 잃어버리게 된다. 넉넉한 시간과 관심을 고스란히 오늘에 허락하라!

생의 계단

모든 꽃들이 시들듯이

청춘이 나이에 굴복하듯이

생의 모든 과정과 지혜와 깨달음도

그때그때 피었다 지는 꽃처럼

영원하지는 않으리

마음을 위로하는 방법

마음이 무거울 때 쓸 수 있는 좋은 방법이 있다. 노래를 부르고, 경건
하게 행동하고, 술을 마시고, 음악을 연주하고, 시를 짓고, 산책을 나
가는 것이다.

운명을 나의 것으로 만들어라

당신이 등지지 않는 한
운명은 당신이 꿈꾸는 그대로 고스란히
당신 것이 될 것이다.

나의 하루

밤마다 당신의 하루를 검토하라. 행위와 성실이라는 점에서.

그리고 하나님의 뜻에 합당한 것이었는지, 기뻐할 만하였는지를.

인생에서 가장 중요한 것

인생에서 가장 중요한 것은
자신에게 부여된 길을 한결같이 올곧게 걷고
타인과 비교하지 않는 것이다.

세상이여 안녕

세상이 산산조각으로 흩어진다

한때는 우리가 그것을 몹시 사랑했었다

그러나 이제는 죽음이 우리를

그토록 두렵게 하지 않는다

이 세상을 변화시키려고 하지 마라

세상은 여전히 화려하고 거칠고

그 안에 태초의 마법이 머물러 있고

아직도 여전히 그 모습을 간직하고 있다

고마운 마음으로 우리는 떠나야 한다

이 땅의 한바탕 유희에서

세상은 우리에게 기쁨과 고통을 주었고

많은 사랑을 주었다

세상이여, 안녕

예쁘게 꾸며

다시 윤기 흐르는 젊음이 되거라

우리는 그대가 우리에게 허락한 행복과

고난을 이제는 더 이상 맛보고 싶지 않다

예술의 목적

모든 예술의 궁극적인 목적은 인생은 살 만한 가치가 있다는

사실을 일깨워 주는 데 있다.

그것은 예술가에게 더없는 위안이 된다.

유일무이한 존재

인간은 유일무이하다.
오직 단 한 번,
다시는 반복되지 않는
대자연이 만들어 낸 비범한 재능을 지닌
각각의 존재들이다.

세상 모든 일

일단 큰 소리로 외치고 나면
세상 모든 일이란 그다지 어렵지 않다.

두 개의 세계

나는 오직 내 속에서 솟아오르는 인생을 살아가려고 했을 뿐이다. 그
것이 왜 그토록 어려웠던가?

삶의 기적

슬픔에 잠긴 채 혼자 멀리 떨어져 있다면 가끔은 아름다운 시의 구절을 읽고, 즐거운 음악을 들으며, 수려한 풍경을 둘러보고, 수수하고 행복했던 시간을 떠올려 보라! 간절한 마음을 담아 그렇게 했다면 곧 기분 좋은 시간이 찾아올 것이며, 미래는 든든하게 여겨지고, 삶은 어느 때보다도 사랑스러워 보이는 기적이 일어날 것이다!

최초의 발견

갓 태어난 아이가 처음으로 눈을 뜨고 바라보는 것, 아이가 과감하게 내딛는 첫걸음마, 아이가 물에 비친 영상을 발견하고 기뻐하거나, 가까운 교회에서 흘러나오는 오르간 연주 소리에 귀를 기울임으로써 생애 처음으로 아름다움을 느끼는 일, 또 막 꿈을 이루어 가는 한 시인이 언어를 이용해 음악을 만들 수 있는 가능성을 발견했을 때 최초로 환희를 느끼는 것.

일상에 대한 찬가

얼마나 많은 햇살이 내 몸을 따뜻하게 데워 주고, 얼마나 많은 강물이 내 몸을 식혀 주고, 얼마나 많은 길이 나를 인도해 주고, 얼마나 많은 시냇물이 내 곁을 흘러갔던가! 나는 파란 하늘을 얼마나 자주 올려다보았고, 도저히 잊을 수 없을 만큼 얼마나 생동감이 넘쳤으며, 사람들의 사랑스러운 눈망울을 얼마나 자주 보아 왔던가! 또 얼마나 많은 동물들을 사랑해 왔었나! 그 순간들을 되새겨 보면 그것들은 다른 어느 순간보다 아름다웠다. 물론, 찻잔을 서서히 비우고, 음악에 귀를 기울이며, 아름다운 추억을 회상하는 지금 이 순간도 나쁘다고 말할 수는 없다.

우정이 나에게 준 것

명성이나, 좋은 술, 사랑, 지성보다도 더 귀하고

나를 행복하게 해 준 것은 바로 우정이었다.

아름다운 삶

나는 유감스럽게도 쉽고 편안하게 사는 법을 알지 못했다.

그러나 한 가지만은 늘 마음대로 할 수 있었는데 그것은 아름답게

사는 것이었다.

봄이 우리에게 이야기하는 것

어느 소년 소녀들도 모두 알고 있다.

봄이 말하는 바를.

살아라, 뻗어라, 피어라, 바라라, 사랑하라,

기뻐하라, 새싹을 움트게 하라,

몸을 던져 삶을 두려워 마라!

또 다른 환상

위대해 보이는 이 모든 것들은 곧 사라질 것들이다. 모든 그림들과
기록적인 숫자들은 단지 하루살이일 뿐이다.

삶을 견뎌 낸다는 것

삶이 힘겨울 때에는 사람의 본성이 드러난다. 정신적 혹은 이상적인 것들에 대해 개인들이 저마다 맺고 있는 관계 또한 마찬가지다. 비록 맛볼 수 없고 만질 수도 없지만, 외적인 삶을 익숙하게 뒷받침해 주던 것들이 사라지거나 파괴되었을 때 그것들은 비로소 진가를 드러낸다.

힘든 시절에 벗에게 보내는 편지

이런 암울한 시간에도

사랑하는 벗이여, 나를 허락해 다오

기분이 상쾌하든 우울하든

나는 삶을 결코 탓하고 싶지 않았다

햇빛과 악천후는

둘 다 하늘의 얼굴

달콤하든 씁쓸하든, 운명은

내게 훌륭한 영양이 되리니

영혼은 얽혀 있는 길을 간다
그것의 언어를 배우라!
오늘 그대에게 고통이었던 것이
내일은 축복이 되리라

신을 믿지 않는 자들만이 죽음을 택한다
신이 다른 사람들에게는
처절한 괴로움과 유쾌한 즐거움을 통해
심오한 의미를 찾을 수 있도록 가르쳐 준다

아버지의 부름 같은 것을 받고
하늘을 쳐다볼 수 있는 그런 곳
우리는 그 마지막 계단에서 비로소
쉼을 느낄 수 있다

남편의 노래

우리의 삶이 밝을 때에도,
어두울 때에도
나는 결코 인생을 탓하지 않겠다.

잃어버린 낙원

많은 사람들은 일생 동안 단 한 번, 즉 어린 시절이 부패되어 가면서 서서히 허물어져 갈 때 우리의 운명인 죽음과 다시 태어남을 체험하게 되는데, 이때 사랑하는 모든 것들이 우리를 떠나고 갑자기 우주의 고독과 죽음 같은 차가움을 느끼게 된다. 그리고 많은 사람들은 영원히 이 벼랑에 매달려서 다시는 돌아올 수 없는 과거, 즉 모든 꿈 가운데서도 가장 언짢고 가장 살인적인, 잃어버린 낙원에 대한 꿈에 고통스럽게 집착하게 된다.

고통의 양편

행복과 고통은 우리의 삶을 지탱해 주며 우리 삶의 전체라고 할 수
있다. 고통을 잘 이겨 내는 방법을 아는 것은 인생의 절반 이상을 산
것과 같다. 고통은 사람을 부드럽게도 만들고, 강철처럼 단단하게도
만든다.

삶의 아름다움

삶에 대한 열정과 따스한 온기, 눈부신 햇살이 그 짧은 순간에 얼마나 많이 표현되는지 알고 있는 사람이라면 새로운 날에 주어지는 선물을 가능한 한 순수하게 받아들이려고 할 것이다. 그런 사람이라면 아픔도 담담히 받아들일 수 있다. 아무리 큰 시련이 닥쳐도 그것을 진지하게 받아들일 수 있다. 암울했던 날에 대한 기억도 아름답고 성스러운 기억의 한 토막이 되리라는 것을 누구보다 잘 알기 때문이다.

사랑의 힘

고통은 당신이 막아 내려고만 하기 때문에 아픔을 주고, 도망치려고만 하기 때문에 당신을 쫓는 것이다. 도망치지 말고, 변명하지 말며, 무서워하지 마라. 오히려 그것을 사랑하라. 당신은 스스로 모든 문제를 해결할 수 있으며, 마음속에 구원과 행복이라는 마법 같은 힘이 존재한다. 당신은 그것의 이름이 바로 사랑이라는 것을 알고 있다.

3장

헤세,
자연을 쓰다

아아, 셔츠 바람으로 밤이 다 새도록 정원 테라스 위에서

누워 보내던 시간은 어디로 갔는가! 감미로운 바람결이 놀이 나부끼는

숲 속 나무들 밑에 앉아서 보내던 시간은 어디로 흘러갔는가!

흰 구름

오, 보아라, 잊어버린 아름다운 노래의

나직한 멜로디처럼

구름은 다시

푸른 하늘 멀리로 떠서 간다

긴 여로에서 방랑의

기쁨과 슬픔을 모두

스스로 체험하지 못한 사람은

구름을 제대로 이해할 수 없다

해나 바다나 바람과 같은 하얀 것,

정처 없는 것들을 나는 사랑한다

고향이 없는 사람에게는 그것이

누이들이며 천사이기 때문에

여름날의 빛

햇빛이 찬란하게 내리쬐는 여름이 되면 그곳에 탁자를 가져다 놓고 앉아 밀크가 조금 들어간 커피를 마시고, 가벼운 식사를 하며 포도주를 마시리라.

세계를 향하다

누구나 자신이 지닌 고유의 능력을 가지고 삶을 살아가야 할 것이다.
어떤 사람은 예술가로서, 어떤 사람은 자연 과학자로서, 어떤 사람은
철학자로서, 각자 자기가 쌓은 교양에 맞는 수단을 가지고 움직여야
할 것이다. 우리들의 육체뿐만이 아니라, 본질도 세계를 향해 있다는
것을 느끼고, 그 세계 안에 우리가 속해 있음을 깨달아야 할 것이다.
그럴 때 비로소 우리들은 자연과 진정으로 관계를 맺게 된다.

가을날

숲 언저리는 금빛으로 타고 있다

아리따운 그녀와 여러 번

나란히 함께 걷던 이 길을

나는 지금 혼자서 걸어간다

이런 화창한 나날에는

오랫동안 품고 있던 행복과 고뇌가

향기 짙은 먼 풍경 속으로

아득히 녹아들어 간다

풀을 태우는 연기 속에서

농부의 아이들이 껑충거린다

나도 그 아이들처럼

노래를 시작한다

사물의 순환

이따금 씨앗을 뿌리고 수확을 할 때면, 한순간 나의 마음속에는 땅 위의 모든 피조물 가운데 유독 우리 인간만이 이와 같은 사물의 순환에서 어딘가 제외되어 있다는 생각이 든다. 모든 생명의 덧없음을 깨닫지 못하고, 오로지 자신을 위한 특별한 것을 소유하려는 욕심이 너무나 이상하게만 여겨진다.

오래된 나무에 대한 경탄

나무들은 마치 고독한 존재와 같다. 하지만 현실에서 벗어난 나약한 은둔자들과는 다르다. 마치 베토벤이나 니체처럼 위대하고도 고독하게 삶을 버티어 낸 사람들 같다.

저녁노을 속에서

우리 고난과 기쁨을
손에 손을 맞잡고 지나왔으니
방랑길에서 이제 우리 함께 휴식을 취해야 하리
고요한 고장을 내려다보면서

빙 둘러 골짜기들 드리워져 있네
어느새 대기는 어두워 오는데
두 마리 종달새만이 여전히 날아오르네
자욱한 향기 속에 밤 꿈을 꾸면서

이리로 오세요, 종달새의 날갯짓일랑 내버려 두어요

금세 잠들 시간이 올 터이니

우리 이 외로움 속에서

길을 잃고 헤매지 말아야 하니

오오 이 광막한, 고요한 평화여

이리도 깊숙이 저녁노을 속에서

얼마나 우리는 지쳐 있는가 방황하느라

이게 어쩌면 죽음이라는 건지

자연 예찬

길 위에 있는 돌이여, 너는 나보다 더 강하다. 초원 속의 나무여, 너는 나보다 더 오래 견딜 것이다. 작은 딸기 덤불이여, 심지어 장밋빛 아네모네까지도 나보다 더 강인할 것이다.

정원에서 보내는 시간

아아, 셔츠 바람으로 밤이 다 새도록 정원 테라스 위에서 누워 보내던 시간은 어디로 갔는가! 감미로운 바람결이 높이 나부끼는 숲 속 나무들 밑에 앉아서 보내던 시간은 어디로 흘러갔는가!

현대인의 고향

현대인의 대부분은 고향이 없어졌다. 그들은 새로운 장소와 새로운 사람들을 찾아가지 않으면 안 된다. 그들은 새로운 가치에 자신의 삶을 투영하면서 낯선 것을 고향으로 만들려고 시도해야 하는 시대를 살고 있다.

지상의 경이로움

나는 내 눈앞에 실제로 펼쳐진 산과 숲들이, 아름다운 그림책 속에서 보았던 것보다 훨씬 더 변화가 많고 찬란한 것임을 보았다. 나는 태어나 처음으로 이 지상의 경이로움을 목격했다. 그리고 동시에 달콤하고 부드러운 애정을 느꼈다. 그 애정은 훗날 다시 되살아났고, 그 후로 나는 종종 어디론가 훌쩍 떠나 버리고 싶은 유혹을 느끼고는 한다.

밤의 사색

저녁이 따스하게 감싸 주지 않는 힘겹고, 뜨겁기만 한 낮은 없다.
무자비하고 사납고 소란스러웠던 날도 어머니 같은 밤이 감싸 안아
주리라.

가을로 가는 길목

절정으로 치닫던 무더운 여름밤이 막바지에 이르고 첫 번째 과꽃이 피어나는 이 시기에 나는 내 모든 숨구멍을 통해서 자연의 기운을 빨아들인다.

자연과 나누는 교감

이른 봄의 태양을 보면 즐거워하고, 여름날의 태양에는 게을러지며, 공기가 후텁지근할 때는 나른해지고, 눈바람이 불면 다시 생생해진다. 그것만으로도 이미 우리는 자연과 관계를 맺고 있는 것이다. 그리고 그것을 의식하는 것만으로도 이미 자연을 충분히 향유하고 있는 셈이다.

4장

헤세,
사랑을 쓰다

나는 꺾이기를 바랐다.
그대가 조용히 걸어와 그대의 손으로 나를 붙잡아
그대의 것으로 만들기를.

사랑에 빠진 여인

사랑의 감정으로 삶의 절정기에 다다른 아름다운 여인의 영상이 떠오른다. 흐트러짐 없는 외모를 가진 그녀는 위엄 있고 성숙한 몸짓을 한다. 지성과 충만한 힘을 지닌 채 삶의 절정에 이른 모습이다. 마치 장미처럼 덧없는 우울한 숨결을 내뿜으면서 무언가에 고요히 굴복하는 모습 같기도 하다.

귀하고 가치 있는 것

전쟁의 유일한 효용은 사랑은 증오보다, 이해는 분노보다, 평화는 전
쟁보다 훨씬 더 고귀하고 가치있다는 것이다.

오직 사랑만이 정당하다

사랑은 실로 경이로운 것이다. 그것은 예술을 통해 하나의 작품으로 완성될 때 더욱 빛난다. 사랑이란 모든 교양, 모든 지성, 모든 비평이 할 수 없는 일을 할 수 있게 만드는 힘이 있다. 사랑이란 가장 먼 곳을 붙들어 매고, 가장 오래된 것과 가장 새로운 것을 나란히 묶어 놓은 다리와 같다. 사랑은 모든 것을 자신의 중심부로 끌어들이기 때문에 시간을 초월한다. 오직 사랑만이 정당하다.

사랑에 대한 정의

사랑이란,
모든 심각한 문제들을 이해하며
고통 속에서도
미소 지을 수 있는 능력을 의미한다.

당신이 나를 당긴다면

사랑은 애원하거나 강요해서는 안 돼요. 사랑 자체를 확신하는 힘이 있어야 해요. 그러면 사랑은 끌려다니지 않고 상대방을 당기게 되지요. 싱클레어, 당신의 사랑은 나로 인해 끌리고 있어요. 언젠가 당신의 사랑이 나를 당긴다면 그때는 내가 갈 거예요. 나를 선물로 주고 싶지는 않아요. 나는 쟁취되고 싶어요.

사랑하는 사람들의 과업

해와 달이, 혹은 바다와 육지가 서로 맞닿을 수 없듯이 서로 맞닿지
않는 게 우리들의 과업이다. 두 사람은 말하자면 해와 달이며, 바다
와 육지이다. 우리의 목표는 하나로 결합하는 것이 아니라, 서로를
인식하고 존경하는 법을 배우는 것이다. 상반되는 것이 무엇이며 서
로 보완할 것이 무엇인가를 말이다.

베풂의 미학

주는 것은 받는 것보다 행복하고

사랑하는 것은 사랑받는 것보다 아름답다.

나는 사랑을 믿는다

시대에 대한 불신이 깊어질수록,
인간이 일그러지고 메말랐다는 생각이 들수록
나는 비극을 극복하는 데
그만큼 더 사랑을 믿는다.

연가

나는 꽃이기를 바랐다.
그대가 조용히 걸어와 그대의 손으로 나를 붙잡아
그대의 것으로 만들기를.

누군가를 기쁘게 하기 위하여

한 인간을 행복하고 즐겁게
만들 수 있으려면 어떤 상황에서도
그렇게 할 수 있어야 한다.

사랑하는 사람에게

나의 어깨에

괴로운 머리를 얹으십시오

말없이 눈물의 달고 서럽게 지친 앙금을

남김없이 맛보십시오

이 눈물을

목말라 안타깝게

보람도 없이

그리워할 날이 올 것입니다

나의 머리에

그 손을 얹으십시오

나의 머리는 무겁습니다

나의 청춘이었던 것을

당신은 나에게서 앗아 갔습니다

유일한 것

진짜 유일한 마술, 유일한 힘,
유일한 구원, 유일한 행복,
사람들은 이것을 소위 사랑이라고 부른다.

먼 훗날

한 소녀가
날 찾거든
전선으로 떠났다고 전해 주오

아무 말 없었냐고
묻거든
고개만 옆으로 저어 주오

소녀의 눈에서
눈물이 고이거든
나도 그랬다고 전해 주오

사랑

궁금합니다.

언젠가 웃옷 단추 덜렁거릴 때 바늘로 정성껏 꿰매 주던 그대,

찢겨진 내 마음은 왜 이대로 내버려 두었는지.

그다지 슬프지 않은 영화에도 눈물짓던 그대,

사랑을 잃어버린 슬픔에 싸인 나를 위해서는 왜 울어 주지 않는지.

자신보다 남을 더 챙길 줄 알던 그대,

그대를 그리워하다 지쳐 하루를 마감하는 나는

왜 외면하며 모르는 척하는지.

존재로서의 가치

사랑이란 우리를 행복하게 하기 위해서 존재하는 것이 아니다.
사랑은 우리들이 고통 속에서 얼마나 강할 수 있는지를 자기 자신에
게 보이기 위해서 존재한다.

5장

헤세,
나를 쓰다

내 청춘의 찬란함을 믿는다.

어떤 수식어도 필요 없을 내 청춘의 찬란함을 믿는다.

가장 뜨겁고 아름다운 청춘이기를.

조그만 감정에도 가슴 뛰는 청춘이기를.

커다란 감정에도 함부로 흔들리지 않는 청춘이기를.

여름 저녁

클로버의 취하는 듯한 짙은 향기에 손을 멈추고

풀 베는 사람이 노래를 부른다

아, 너는 묵은 슬픔을

다시 일깨워 주는구나

민요와 동요들이 나직이

저녁 바람을 타고 하늘로 사라진다

다 아문 잊은 슬픔들이 다시 나를 괴롭힌다

늦저녁의 구름이 곱게 떠간다

들은 따뜻이 멀리 숨을 쉬고

사라진 청춘의 나날이여

오늘도 아직 나에게 볼일이 있는가

경탄하기 위해서 존재한다

우리는 찾아 나서는 데 그치지 말고 발견해야 할 것이다. 우리들은 판단할 것이 아니라, 바라보고 이해하고 호흡하고 받아들인 것을 가지고 다시 작업해야 할 것이다.

힘, 정신, 의미, 가치들.

그런 것들은 숲으로부터, 가을의 초원 지대로부터, 빙하로부터 그리고 노란 이삭이 핀 들판으로부터 모든 감각을 통해 우리들 안으로 흘러 들어와야 할 것이다.

데미안 – 에밀 싱클레어의 젊은 날 이야기

나는 일찍부터 이 세상을 얼마간은 불안하게, 얼마간은 조소적으로 거부하는 일에 익숙해져 있었으며 그런 현실에 마법을 걸어 그 불안하고 조소적인 세상을 숭고하게 만들고 싶은 불같은 열망을 가지고 있었다.

자유의 왕국

내가 삶 속에서 내디뎠던 즐겁고 행복했던 발걸음들은, 다시 말해 진보는 깊이 생각해 보지 않고 내디뎠던 것들이었다. 자유의 왕국은 또 어찌 보면 착각의 왕국이기도 했다.

인간은 자연의 섭리 안에 존재한다

시간은 흘러간다. 그러나 지혜는 그 자리에 머물면서 형식과 의식을 바꾼다. 그러면서도 늘 같은 사실에 근거한다. 인간이 자연의 섭리 안에 있다는 것, 우주의 리듬 속에 배치되어 있다는 사실을 잊지 않는다.

만약에 불안한 시대가 인간을 다시 그 질서로부터 벗어나게 하려고 애쓴다면, 겉으로는 만족스러워 보일지라도 우리는 항상 노예 상태로 살게 될 것이다. 마치 오늘날 아주 해방되어 보이는 인간이 사실은 돈과 기계에 얽매인 의지 없는 노예이듯이.

나를 일깨워 주는 생각

중요한 것은 그대가 생각한 무엇을 이미 다른 사람이 생각했는가가 아니다. 그 생각이 그대에게 무언가를 일깨워 주는 체험이 되었는가 하는 것이 중요하다.

자아실현

나는 자연으로부터 내던져진 존재였다. 불확실한 것 속으로, 어쩌면 새로운 것을 향해서, 어쩌면 무無를 향해서 내던져진 존재였다. 그리고 본래의 심연으로부터 나온 이 내던져짐을 실현시키는 것, 그것의 의지를 내부에서 느끼고, 그것을 온전하게 나의 것으로 만드는 것, 오직 그것만이 나의 사명이었다. 오직 그것만이!

혼자 걷는 길

세상에는 크고 작은 길들이 너무나 많다.

그러나

도착지는 모두가 다 같다.

말을 타고 갈 수도 있고, 차로 갈 수도 있고

둘이서 아니면, 셋이서 갈 수도 있다.

그러나 마지막 한 걸음은

혼자서 가야 한다.

아무리 어려운 일이라도

혼자서 하는 것보다

더 나은 지혜나

능력은 없다.

기도

신이시여, 저를 절망하게 하소서

당신에게가 아니라, 저에게

방황의 슬픔을 저로 하여금 남김없이 맛보게 하소서

모든 고뇌의 불꽃을 저에게 핥게 하시고

모든 굴욕을 저에게 받게 하소서

제가 일어설때, 돕지 마소서

제가 뻗어갈 때, 돕지 마소서

하지만 제가 모두 부서지거든

그때는 제게 제시해 주소서

모두가 당신의 모습이었다는 것을

불꽃과 괴로움을 낳은 자는 당신이었음을

왜냐하면 저는 기꺼이 멸망하고 싶은 것입니다

기꺼이 죽고 싶은 것입니다

당신의 품안에서 죽을 수만 있다면

자기 자신으로 이끄는 길

인간에게는 이 세상에서 자기 자신으로
이끄는 길을 가는 것보다 더 어려운 일은
어떤 것도 없다는 것을
오늘에 와서야 나는 깨닫고 있다.

새는 알에서 나오려고 투쟁한다

새는 알에서 나오려고 투쟁한다.
알은 세계이다.
태어나려는 자는 하나의 세계를
파괴하지 않으면 안 된다.

내가 짊어진 짐

모든 인간의 삶은 자기 자신으로 향하는 길이고, 하나의 길을 가는 시도이며 하나의 작은 여정을 암시하는 것이다. 일찍이 어느 인간도 자기 자신이 되어본 적은 없다. 그러나 자기 자신이 되기 위해 어떤 사람은 우둔하게, 어떤 사람은 명료하게 각자 할 수 있는 만큼은 노력한다. 인간은 모두가 자기 탄생의 잔재인 원시 세계의 점액과 알껍데기를 죽을 때까지 짊어지며 가고 있다.

한 가지 의무

깨달은 인간에게는 오직 한 가지 의무밖에는 어떤, 그 어떤 의무도
없었다. 그것은 바로 자기 자신을 찾는 것, 자기 자신 속에서 확고해
지는 것, 그리고 어디로 인도하든 간에 줄곧 자기 자신의 길을 앞으
로 더듬어 나아가는 것이었다.

_____

_____

_____

_____

_____

_____

_____

_____

삶을 견디는 기쁨

달콤함이든 참담함이든 내게 주어진 시간은
나 혼자 짊어지고 책임져야 한다.

내면으로 가는 길

내면으로 가는 길을 찾은 사람에게는

작열하는 자기 침잠 속에서

사람의 마음은 신과 세계를

형상과 비유로만 선택한다는

지혜의 핵심을 느낀 사람에게는

행위와 온갖 사고가

세계와 신이 깃든

자신의 영혼과의 대화가 된다

방랑의 길에서 – 크눌프를 생각하며

슬퍼하지 마라. 곧 밤이 오고,

밤이 오면 우리는 창백한 들판 위에

차가운 달이 남몰래 웃는 것을 바라보며

서로의 손을 잡고 쉬게 되겠지.

슬퍼하지 마라. 곧 때가 오고,

때가 오면 쉴 테니. 우리의 작은 십자가 두 개

환한 길가에 서 있을지니

비가 오고 눈이 오고

바람이 오고 가겠지.

사랑하면서 잃는 것

대부분의 사람들은 누군가를
사랑하면서 자기 자신을 잃어버린다.

또 다른 나의 모습

당신이 누군가를 미워한다면 그것은 그 사람 안에 숨겨져 있는 자신의 모습을 미워하는 것이다. 우리는 자신과 연관되지 않은 것에 불편해 하지 않는다.

나만의 길을 걷는 사람은 누구나 영웅이다

자기 자신의 길을 걷는 사람은 누구나 영웅이다. 자신이 할 수 있는 일을 진실되게 해 나간다면, 세상을 살아가는 모든 이들은 영웅이다.

탄생과 죽음

새로 태어나고 싶은 사람은
죽을 각오가 되어 있어야 한다.

청춘은 아름다워

내 청춘의 찬란함을 믿는다.

어떤 수식어도 필요 없을 내 청춘의 찬란함을 믿는다.

가장 뜨겁고 아름다운 청춘이기를.

조그만 감정에도 가슴 뛰는 청춘이기를.

커다란 감정에도 함부로 흔들리지 않는 청춘이기를.

여행

여행을 떠날 각오가 되어 있는 사람만이
자신을 묶고 있는 속박에서 벗어날 수 있다.

나에게로 통하는 길

구원의 길은 오른쪽으로도 왼쪽으로도 통해 있지 않다.

그것은 오직 자기 자신의 마음으로 통한다.

우연은 없다

원래 우연이란 없는 것이다. 무엇인가를 간절히 원했던 사람이 그것을 발견한다면 그것은 우연히 이루어진 것이 아니라 자기 자신이, 자신의 소망과 필연이 그것을 가져온 것이다.

생

나는 항상 믿는다. 그리고 여전히 믿고 있다.

우리가 삶 속에서 베푼 의미들은 다른 가치로써 변형되어

좋거나 나쁜 운명으로 우리의 생에 다가온다는 것을.

나의 임무

나의 임무는 다른 사람에게
가장 좋고 귀한 것을 주는 게 아니라,
내가 가진 것을 순수한 마음으로 성실하게
상대에게 전해 주는 것이다.

헤르만 헤세 라이팅북

헤세를 읽고 쓰는 밤

초판 1쇄 발행	2016년 3월 30일
지은이	헤르만 헤세
펴낸이	한승수
펴낸곳	문예춘추사
편 집	조예원
마케팅	안치환
디자인	김선영
등록번호	제300-1994-16
등록일자	1994년 1월 24일
주 소	서울특별시 마포구 연남동 565-15 지남빌딩 309호
전 화	02 338 0084
팩 스	02 338 0087
E-mail	moonchusa@naver.com
ISBN	978-89-7604-300-9 04800
	978-89-7604-299-6(세트)